A princesa de pijama

Editora Appris Ltda.
1.ª Edição - Copyright© 2022 da autora
Direitos de Edição Reservados à Editora Appris Ltda.

Nenhuma parte desta obra poderá ser utilizada indevidamente, sem estar de acordo com a Lei nº 9.610/98. Se incorreções forem encontradas, serão de exclusiva responsabilidade de seus organizadores. Foi realizado o Depósito Legal na Fundação Biblioteca Nacional, de acordo com as Leis nºs 10.994, de 14/12/2004, e 12.192, de 14/01/2010.

Catalogação na Fonte
Elaborado por: Josefina A. S. Guedes
Bibliotecária CRB 9/870

S587p
2022
	Silvestrini, Angélica
	    A princesa de pijama / Angélica Silvestrini. - 1. ed. - Curitiba : Appris, 2022.
	    52 p. : il., color. ; 20 cm.
	
	    ISBN 978-65-250-2825-5
	
	    1. Literatura infantojuvenil. 2. Brincadeiras. 3. Sonhos I. Título.
	
	    CDD – 028.5

Editora e Livraria Appris Ltda.
Av. Manoel Ribas, 2265 – Mercês
Curitiba/PR – CEP: 80810-002
Tel. (41) 3156 - 4731
www.editoraappris.com.br

Printed in Brazil
Impresso no Brasil

FICHA TÉCNICA

EDITORIAL	Augusto V. de A. Coelho
	Marli Caetano
	Sara C. de Andrade Coelho
COMITÊ EDITORIAL	Andréa Barbosa Gouveia (UFPR)
	Jacques de Lima Ferreira (UP)
	Marilda Aparecida Behrens (PUCPR)
	Ana El Achkar (UNIVERSO/RJ)
	Conrado Moreira Mendes (PUC-MG)
	Eliete Correia dos Santos (UEPB)
	Fabiano Santos (UERJ/IESP)
	Francinete Fernandes de Sousa (UEPB)
	Francisco Carlos Duarte (PUCPR)
	Francisco de Assis (Fiam-Faam, SP, Brasil)
	Juliana Reichert Assunção Tonelli (UEL)
	Maria Aparecida Barbosa (USP)
	Maria Helena Zamora (PUC-Rio)
	Maria Margarida de Andrade (Umack)
	Roque Ismael da Costa Güllich (UFFS)
	Toni Reis (UFPR)
	Valdomiro de Oliveira (UFPR)
	Valério Brusamolin (IFPR)
SUPERVISOR DE PRODUÇÃO	Renata Cristina Lopes Miccelli
ASSESSORIA EDITORIAL	Lucas Casarini
REVISÃO	Juliane Soares
PRODUÇÃO EDITORIAL	Bruna Holmen
DIAGRAMAÇÃO	Bruno Ferreira Nascimento
CAPA	Julie Lopes
COMUNICAÇÃO	Carlos Eduardo Pereira
	Karla Pipolo Olegário
	Kananda Maria Costa Ferreira
	Cristiane Santos Gomes
LANÇAMENTOS E EVENTOS	Sara B. Santos Ribeiro Alves
LIVRARIAS	Estevão Misael
	Mateus Mariano Bandeira
GERÊNCIA DE FINANÇAS	Selma Maria Fernandes do Valle

A princesa de pijama

Angélica Silvestrini

Appris *editora*

A Deus e a todos os profissionais envolvidos na cura.

LÁ NO ALTO DO CASTELO, MORAVA UMA MENINA LINDA, SORRIDENTE E GUERREIRA. GOSTAVA DE DESENHAR, CANTAR, BRINCAR E SONHAR ACORDADA. SONHAVA TODOS OS DIAS COM O MOMENTO EM QUE SAIRIA DO CASTELO.

ESSE CASTELO ERA DIFERENTE, NÃO ERA COMO OS DE CONTOS DE FADAS. AS CRIANÇAS QUE NÃO CONSEGUIAM BRINCAR ERAM LEVADAS PARA MORAR LÁ.

NESSE TEMPO PENSOU:
"SE APARECESSE UMA FADA MADRINHA,
O MEU DESEJO DE IR PARA CASA SE REALIZARIA".

— MAS QUE MOCINHA MAIS LINDA VEJO AQUI! PARECE UMA PRINCESA, NOSSA PRINCESA DE PIJAMA!

— MAS QUEM É VOCÊ? — DISSE A GAROTA.

— MUITO PRAZER, EU SOU O DR. DUQUE. ENQUANTO ESTIVER NESSE CASTELO, VOU CUIDAR DE VOCÊ.

E FOI ASSIM QUE O APELIDO SURGIU, MAS SEU MAIOR DESEJO ERA PODER IR EMBORA E PARAR DE USAR PIJAMAS DURANTE O DIA.

NO 1° DIA...

SONHAVA EM SAIR DA SALA DE VIDRO. LÁ ERA TUDO MONITORADO, CHEIO DE APARELHOS. MAMÃE E VOVÓ CONSEGUIAM FAZER VISITAS POR POUCO TEMPO. MESMO QUERENDO SAIR DE LÁ, NOTOU QUE ERA BOM, PORQUE LÁ TINHA AR, MUITO AR PARA RESPIRAR E DAVA ATÉ PARA OUVIR UM SOM, QUASE UMA MÚSICA, QUE FAZIA TUM...TUM....

NO MEIO DA TARDE...

— DUQUESAS, PRESTEM BEM ATENÇÃO! AS POÇÕES TÊM DOSES CERTAS. ELAS DEVEM SER DADAS PARA AS CRIANÇAS COM MUITA CALMA E DEVAGAR. ENTENDERAM?

— SIM, DR. DUQUE! — RESPONDERAM AS DUQUESAS.

DUQUESA APRESSADA NEM PRESTOU ATENÇÃO NO QUE O DR. DUQUE DIZIA E SAIU ANDANDO PELO CORREDOR...

A MENINA TOMOU A POÇÃO...
E AQUELA MÚSICA QUE FAZIA TUM...TUM...
PASSOU A FAZER TUM, TUM, TUM, TUM...

— O QUE ESTÁ ACONTECENDO? — DR. DUQUE PERGUNTOU.
— MAS DR., ELA TOMOU A DOSE RAPIDINHO! — RESPONDEU DUQUESA APRESSADA.
— DUQUESA APRESSADA, ISSO NÃO PODERIA TER ACONTECIDO.

DR. DUQUE PRECISOU AGIR RAPIDAMENTE, FEZ MASSAGEM NA MENINA E O TUM... TUM... VOLTOU.

— JÁ ME SINTO BEM, DR. DUQUE! — FALOU ALIVIADA A PEQUENA ALTEZA.

E O SUSTO PASSOU.

DR. DUQUE TEVE QUE TOMAR UMA IMPORTANTE DECISÃO, RESOLVEU AFASTAR DONA DUQUESA APRESSADA DE SUAS FUNÇÕES REAIS.

NO 2° DIA...

MUITO ESPERTA, A PRINCESA NOTOU ALGO EM SUA CAMA. HAVIA UM PAPEL EM QUE OS DUQUES FAZIAM ANOTAÇÕES. ELA FICOU PENSANDO SOBRE O QUE ESTARIA ESCRITO ALI. SERIA UM MAPA PARA SAIR DO CASTELO? UMA PASSAGEM SECRETA? OU ALI TERIA ALGUMA PALAVRA MÁGICA?

— JÁ POSSO IR EMBORA? — ELA PERGUNTOU AO DR. DUQUE.

— AINDA NÃO É A HORA! — ELE RESPONDEU.

E QUANDO O DR. DUQUE JÁ ESTAVA SAINDO DO QUARTO, ESTAVA CHEGANDO O DR. X.

DR. X ERA MUITO LEGAL. ELE TINHA UMA CARRUAGEM DE RODINHAS, QUE UTILIZAVA PARA PASSEAR POR VÁRIOS LUGARES DO CASTELO. MAS ESSE PASSEIO TINHA UM DESTINO CERTO. DR. X TINHA UM EQUIPAMENTO DE RAIO-X, QUE UTILIZAVA PARA TIRAR FOTOGRAFIAS, MAS NÃO QUALQUER FOTO. TIRAVA FOTOS DO ESQUELETO.

NA HORA DO RETRATO NÃO SE PODIA RESPIRAR E TINHA QUE SE FAZER DE ESTÁTUA.
MESMO DEITADA, ENTROU NA BRINCADEIRA.

NO 3° DIA...

ANSIOSA PARA VER O RETRATO E SABER SE PODIA IR EMBORA, ESCUTOU ALGUMAS CONVERSAS. TENTOU ESTICAR O PESCOÇO PARA OUVIR MELHOR, MAS NADA ENTENDEU.

NOVAMENTE TROCARAM O PAPEL QUE FICAVA NO PÉ DA CAMA. DR. DUQUE EXPLICOU QUE NÃO ESTAVA BOA A FOTO. ERA PRECISO MAIS TEMPO...

— JÁ POSSO IR EMBORA, DR. DUQUE?
— AINDA NÃO É A HORA! — ELE EXPLICOU.

TODA VEZ QUE DR. DUQUE SAÍA DO QUARTO, CHEGAVAM OUTROS DOUTORES.

DRA. PICADA ABELHUDA NÃO FALTAVA NENHUM DIA. SEMPRE VINHA COM A SUA BORBOLETINHA E FALAVA QUE ERA SÓ UMA PICADINHA.

Também tinha Dr. Temperatura Máxima, que era o máximo.

Todas as manhãs e no final da tarde eles brincavam.

Brincavam de quente e frio. A garota não podia esquentar que ele, rapidamente, garantia um bom banho morninho.

AH, SEM FALAR DA DRA. SOPRO, QUE, MUITO CHEIA DE DENGUINHOS
E CARINHOS, FAZIA MASSAGENS NAS COSTAS DA MENINA.
O MOMENTO MAIS DIVERTIDO ERA ASSOPRAR BEM FORTE O
CANUDO DA GARRAFA PET, FAZENDO GRANDES BOLHAS.

NO 4° DIA...

MUDANÇAS ACONTECERAM, AGORA MUDARAM DE QUARTO, UM QUARTO COM OUTRAS CRIANÇAS DE PIJAMA. LÁ MAMÃE PODIA FICAR MAIS TEMPO.

COMO DE COSTUME, A GAROTA PERGUNTOU:

— JÁ POSSO IR EMBORA?

— AINDA NÃO É A HORA! — DR. DUQUE RESPONDEU.

E A PRINCESINHA CONTINUOU A OLHAR, PENSAR E IMAGINAR.

TODOS OS DIAS, MUITOS DUQUES SE REUNIAM EM VOLTA DELA E FALAVAM... FALAVAM... ELA NÃO ENTENDIA NADA, MAS SABIA QUE ERA IMPORTANTE.

AS DUQUESAS ERAM MUITO CARINHOSAS E GOSTAVAM DE AGRADAR AS CRIANÇAS.

— NOSSA, QUE CABELO BONITO! POSSO FAZER UMA TRANÇA?

— DONA DUQUESA, QUERO FICAR BEM BONITA! DEPOIS QUE VOCÊ ARRUMAR MEU CABELO, POSSO PASSAR BATOM?

E A DUQUESA, TODA DERRETIDA, SORRIA PARA A MENINA DANDO ATÉ UMA PISCADINHA.

E TUDO ISSO FOI PARA FICAR BONITA PARA A REUNIÃO DOS DUQUES.

NA HORA DA REUNIÃO... OS DUQUES ELOGIARAM!

— COMO VOCÊ ESTÁ BONITA! MAS AINDA NÃO É A HORA.

CONFORMADA, A PEQUENA FOI ATÉ O ELEVADOR SE DESPEDIR DE SUA MÃE.

NO 5° DIA...

NO AMANHECER DO DIA, ANTES DA MAMÃE VOLTAR, AS DUQUESAS A COLOCARAM EM FRENTE À JANELA PARA DESENHAR. ELA DESENHOU, DESENHOU, DESENHOU TANTO QUE TEVE UMA IDEIA.

ENTREGOU VÁRIOS DESENHOS PARA TODOS QUE CUIDAVAM DELA. NA HORA DA REUNIÃO DOS DUQUES, COLOU UM CARTAZ NO PÉ DA CAMA, NO LUGAR DAQUELE PAPEL CHEIO DE ANOTAÇÕES QUE NÃO DAVA PARA ENTENDER O QUE ESTAVA ESCRITO. E SEM MEDO, PERGUNTOU:

— AINDA NÃO É A HORA! — OS DUQUES RESPONDERAM, COMO EM UM CORO DE NATAL.

E ASSIM A PRINCESINHA CONTINUOU A OLHAR, PENSAR E IMAGINAR. NOTOU QUE ALGUMAS CRIANÇAS ESTAVAM INDO EMBORA, E QUE QUANDO SAÍAM NÃO USAVAM MAIS PIJAMAS.

NO 6° DIA...

A PRINCESA DE PIJAMA JÁ ESTAVA ANIMADA, CONSEGUIA ANDAR, FALAR SEM FICAR CANSADA E ATÉ TENTOU DAR UMA CORRIDINHA NO CORREDOR, DE ONDE VIU A SALA DE BRINQUEDOS.

— VENHAM, CRIANÇAS! VAMOS DESENHAR! – CHAMOU DONA DUQUESA.

LÁ ENCONTROU MAIS CRIANÇAS DE PIJAMA, QUE BRINCAVAM, DESENHAVAM E CONVERSAVAM PARA O TEMPO PASSAR. NÃO PÔDE DEMORAR-SE LÁ, POIS DR. X VINHA TIRAR MAIS UMA FOTO.

DRA. SOPRO JÁ TINHA PASSADO POR LÁ, ENQUANTO ELA ESTAVA RELAXANDO NO VAPORZINHO DE AR.

DR. TEMPERATURA MÁXIMA ESTAVA FELIZ E DISSE QUE A BRINCADEIRA DE QUENTE OU FRIO JÁ PODIA ACABAR.

DRA. PICADA ABELHUDA LEVOU A BORBOLETA EMBORA, DISSE QUE JÁ ERA HORA DE VOAR.

NO 7° DIA...

DR. DUQUE NÃO PERDEU TEMPO. LOGO PELA MANHÃ ENTROU NO QUARTO DA PRINCESA DE PIJAMA PARA UM ANÚNCIO REAL.

PEGOU OS PAPÉIS QUE FICAVAM NO PÉ DA CAMA E FALOU:

— SRA. MAMÃE DA PRINCESA DE PIJAMA, TENHO UMA BOA NOTÍCIA!

— JURA, DR.?

— NÃO TRAGA MAIS PIJAMAS PARA NOSSA MENINA, TRAGA UM VESTIDO BEM BONITO!

— VESTIDO, MAMÃE! VOU USAR VESTIDO!!!

— NUNCA TIREI OS VESTIDOS DA BOLSA, MINHA FILHA! SEMPRE ACREDITEI QUE VOCÊ IRIA VOLTAR PARA CASA.

— CHEGOU A HORA, PRINCESINHA! — DISSE DR. DUQUE COM MUITA ALEGRIA.

NAQUELE INSTANTE, PARECE ATÉ QUE O TIC-TAC DO RELÓGIO PAUSOU.

NOS VÁRIOS ROSTOS QUE ESTAVAM NAQUELA SALA SE VIU:

OLHOS CHEIOS DE ÁGUA

BOCAS COM SORRISOS

BRAÇOS ESTICADOS

CORPOS DANÇANTES

FELICIDADE CHEGANDO

E A MENINA CAMINHOU DE MÃOS DADAS COM SUA MÃE, NUM PASSO RAPIDINHO, ENQUANTO IA SE DESPEDINDO...

AGORA, LÁ NA FRENTE DO CASTELO, A PRINCESINHA PASSA APRESSADA DE VESTIDO, TRANÇAS E BATOM.

E OS PIJAMAS?

AH, PIJAMAS ELA AINDA TEM VÁRIOS, MAS O SEU PREFERIDO NÃO É MAIS O DE PRINCESA.

MAS ISSO JÁ É OUTRA HISTÓRIA!

OS AUTORES

Angélica Silvestrini

Nasci no interior de São Paulo, em uma cidade chamada Ourinhos, e, desde criança, gosto de livros e de histórias. Sou apaixonada pelo universo infantil. Essa paixão acompanhou todas as minhas formações: Pedagogia e Psicopedagogia. Descobri que gosto de escrever para crianças, inventando histórias para minhas filhas.

A ideia para este livro partiu da minha vivência quando criança de ter passado pela UTI. Tive o privilégio de ser bem cuidada por uma equipe de excelentes médicos e enfermeiros. Meu desejo é que todas as crianças que passem por uma internação possam ser cuidadas com carinho e afeto e que as palavras deste livro façam companhia aos leitores e permitam acreditar na cura e na volta para casa.

Maikon Diego Silvestrini (ilustrador)

Nasci em Ourinhos, interior de São Paulo. Sou bacharel em Direito e CEO da Conecta IMOB. Ao longo da minha trajetória, sempre gostei de desenhar, descobri minha paixão na infância desenhando mangá.

Fiz alguns cursos livres de desenho e procuro sempre estudar e aperfeiçoar minha técnica. Sinto-me muito alegre em colorir tantos sonhos. A princesa de pijama foi um grande desafio, pois foi meu primeiro livro ilustrado totalmente de forma digital.